KB152190

장태진 세 번째 시집

# 그래도 괜찮아

장태진 세 번째 시집

# 그래도 괜찮아

초판 1쇄 펴낸 날 / 2023년 6월 12일

지은이 • 장 태 진 | 펴낸이 • 임형욱 | 디자인 • 예민
펴낸곳 • 행복한책읽기 | 주소 • 서울시 종로구 창신11길 4, 1층 3호
전화 • 02-2277-9217 | 팩스 • 02-2277-8283 | E-mail • happysf@naver.com
인쇄 제본 • 동양인쇄주식회사 | 배본처 • 뱅크북(031-977-5953)
등록 • 2001년 2월 5일 제2014-000027호 | ISBN 979-11-88502-25-7 03810
값 • 10,000원

장태진 세 번째 시집

# 그래도 괜찮아

장태진 지음

행복한책읽기

# 자서自序

숨이 차다. 남들이 보면 하찮은, 이정표에는 없던 길. 숨찬 걸 보면 그래도 그 길 바쁘게 걸어왔던 갑다.

첫 시집 이후 48년 만에 두 번째 시집을 내었고, 이후 3년 만에 세 번째 시집을 낸다. 이미 내보였던 것들과 아직 만지작거리던 것들을 섞어 엮은, 세 번째 집集 『그래도 괜찮아』는 '세월', '사랑', 바다보다 먼 '그리움', 그리고 낯선 '사람들' 이렇게 네 가지로 묶었다.

바람 메마르고 하늘은 희멀겋고 세상 빡빡한데, 시는 점점 잊혀져가고 작가들도 하나둘 떠나는 시대란다. 그렇다고 꾸역꾸역 참을 수만도 없는 이 세월에 시를 쓰고 책을 내면 누가 읽을꼬.

세월 게을렀던 만큼 머뭇거릴 수 없는 시간. 세상에 말 안 되는 말 없고 그럴 수 없는 일도 없다는데, 이제 나의 세월도 사랑하기로 하고.

2023년 3월 공산公山 기슭에서

# 목차

## 2부 _ 흰 눈은 언제 내릴까

## 3부 _ 또 비가 오려나

4부 _ 그대와 그대 사이

# 1부 _ 무엇을 잊고 있었던가

## 유리그릇

한 올 실금 끝에 매달린
투명한 그림자의
비명의 순간
쨍 그랑
뱃멀미같이
흔들리는 소리 속에는 노랫소리
울음소리도 섞여 있다

평생 한 번 쳐다보기 힘든 별빛 함께
낯선 흔적
아물 때까지
어차피 손 놓아야 끝날
팽팽한 그리움

소리는 나를 비껴가고
소리 끝자락 붙잡고 나는
하늘에서 내리는
바닷소리 들으며

틈 비집듯 금간 데로
조각조각
바람이 된다

## 별에게

서로 다른 계절을 보내다
묽은 어둠 속으로
관성으로
자각이 찾아오는
무채색 새벽
그대를 본 것은
세상을 만난 것

이별은 다만
시간으로 지칠 뿐
멀리 있는 게 꿈인 줄 알았을 뿐
아름다운 이별이 어디 있으랴

어둠 밟으며, 아직
바람 맞고 서서
눈웃음 절로 피어나는
하늘을 보고 있지 않은가

## 사라지지 않는 별이여

## 창窓

보고 있다고 믿을 만큼
보고 싶었던 하늘
기다리다, 내
마음으로 열린
창窓
가장자리에서 멈칫거리는 세상
풍경 낯설고

중환자실 창이었다고 늘
캄캄해야 하는 것도 아닌데
눈감아야 보이는
별
빛 따라 옮기는
발자취
정직해야 한다, 대본대로
반짝거리는 어둠
함부로 진지할 수 없다
헛디딘 발은 빛의 책임이고

안과 밖

백수의 여유 즐기는

창窓

## 노스텔지어nostalgia

들길 지나 오르막길
가까워지는 것이 서투른
산 너머 봄 찾아
누가 오는 소리
물빛에 비치는
강 건너
잠깬 듯이 맑은
부르는 소리

갈 수 없고 볼 수 없고
더 먼 고향 같은
그 너머
이제
안 봐도 훤한

잠들 듯이 개운한
그리움

## 청춘별곡

생각 많은 밤 별 만큼
알로록달로록 맑은 빛
뜻과는 달리
분답한 봄바람
우듬지에 걸린
두근거리는 어스름

콩닥거리는 느낌
들키지 않고
무심히 귀 기울이면
내 몸이 내 마음일 때까지
내처 팔락거리는
소리
青
春

좀 헐었으면 어떠냐
눈을 감아도 훤히

전신全身으로 흐르는 것을

생각만도 눈이 시리다

## 주황색 숲길

노랑 꽃길 주황색 먼 길 걸어가는데
바람 소리에 놀란 새소리 가끔 뜨일 뿐
남기고 싶은 기억만 남아
더 희어진 뼈, 어젯밤
꿈자리 지운다고
살은 썩고
뼈만 덮은 굳은살

초록길 지나
뼈마디 끝
흙의 질감
잘름거리는 걸음

맑은 날 일몰까지 보이고
흐려도 산 일출은 볼 수 있는
거기
내일의 인연처럼
아직

별을 세는
사람들이 있다

## 길 따라가는 길

보스락거리는 흔적 따라
바람이 불고, 이따금
길도 없는 길과 함께
산짐승처럼 지나는
꼬리 잃은 그림자
겹겹이 쌓이며
꽃이 피는데

색색의 꽃빛 흘러내리고
날아오르며
일렁거리는 발걸음
소리와 함께
흔들리는 꽃그늘
설레는 새소리
그 동안 나는
무엇을 잊고 있었던가

늘 외롭던 흔적

한 겹 두 겹 벗겨져

길이 되는데

## 건너다보며 기다리며

징검돌 건너
속살 훔쳐보듯 엉거주춤
건너다보는
얼굴들
천변에 발 담그고
키 작은 나무들 사이
재잘대는 물소리 들으며

돌아가기
쉽지 않아 보인다

아프겠지만, 꼭
슬프지 않을 수도 있는
시간
기다린다는 것은
그대를 바라는 것

이제

건너가기도 쉽지 않아 보인다

## 산 너머 마을에

몇 번의 겨울 지나고
한사랑 꿈꾸는
산 너머 마을에

먼저 간다고
같이 가자고
먼저 가 기다리겠다고
이별이든
기다림이든, 그대
건너다 뵈는 산 너머

개 짖는 소리로 사람 사는 곳임을 느낄 뿐
눈 감아야 겨우 보이는 별빛 넘어가는 고갯마루 아래

사랑한다는 말
오히려 모욕이 되고
사랑 없으면 외로워 죽을 사람
꼬깃꼬깃 그 사랑 다시 펴고 있네

산 너머 마을, 곱게
물드는 단풍

## 겨울 여행

바람 가로막고 부는 바람
발끝을 타고 오르며
살 속 헤집다
눈 뜨면 아무것도 뵈지 않는
나그네의 계절

때로 울컥거리며
낯선 피로감 쫓아
하늘 닿는 마음 함께
끌고 온 것은
먼 길
긴 시간
한길 높게 우는 울음
들키지 않고

찬바람 속에서
동백꽃
더 빨갛기 때문

## 아름다운 인생

-Life is Beautiful*

밥 꼭꼭 먹고

길조심하고

……

사랑하는 방법이 그것밖에 없어서

꾹꾹 눌린 시간들 속에는

눈 크게 뜨지 않아도 보이는 것들

헐렁한 이야기가 있고, 뜨거운

부끄러움도 있다

따라오는 것들의 애처로움처럼

앞서 간 사람 그리운 것

돌봄 주고받는

인생

다 그렇다고

언감히 말하지 마라

겨울도 없던 계절이 아니었다

*영화 '인생은 아름다워'(La Vita E Bella, Life is Beautiful 1997)에서

## 그래도 괜찮아

꽃필 때쯤 왔다가
꽃 질 때 떠난 이후
나의 계절 언제인지도 모르도록
기다리게 해놓고, 그날처럼
드문드문한 나무들 사이
한종일 바람만 불다
지났을 뿐인데

아픔 같은 기다림
기분은 괜찮다

꽃피는 계절 네가 안다면
우리
남서풍 기다리는 시간
골목길 따라 빤하게 내다보이는
저쪽
끝에서 기다릴게

나의 봄 어차피

네게로 부는

바람에 기대어

피는 꽃

괜찮아, 늦어도

## 가로수 그늘

-오염③

검버섯 주름진 거리

바람 잘수록

빗소리 더 굵어지고

하늘에 오르지 못한 빗방울 하나

별처럼 가지 끝에 맺히면

나뭇잎은 배가 되고

파도가 되고, 내게

지나가는 네게

살아있다고

봐 달라고

손을 흔든다

수십 년 가슴에 박힌

녹슨 나사못 같은

회색 홀씨 날리며

꽃이 피는

도시 가로수

별빛 그늘 아래
네가 있고
내가 있다

## 자투리 come say

꺾어들어 휘어진 안길
별똥 진 듯
눈(眼) 깊은
구석

어디에도 모자라 되돌아
남은 하늘 쳐다보다
걸음 멈추는
달달한 언저리
카페테라스
도시 노을이 걷히면
빈 하늘 불러들여 빈
별자리 채우고
시간이 조는
나머지

하늘 한 모퉁이
여백을 헌다

come say

## 병사兵士의 행진

자갈돌 섞인 모래밭
펄럭거리는 빈자리
돌아보지 말고
멈추지도 말고
가야 하는데

진군인지 회군인지
명령하지 않아도 광광대는
북소리
왜 아직 귓속에 남았던지
짐 같은 기억 훈장 달고
흥얼거리는 바다 떠난 지 한 오백년
울퉁불퉁 밟히는
발소리
모래성 앞에 섰다

지쳐서가 아니다

아는 듯한 눈빛으로

병사兵士

이제

하늘 한 번 보고 싶을 뿐

지친 것이 아니다

# 2부 _ 흰 눈은 언제 내릴까

## 기도祈禱

-아내의 새벽

잠귀 밀고 드는 맑은 물 끓는 소리
그림자 같은 걸음
그렇게 건져 올린
새날
닻 당기는 바람

바다로 이어지는 모래사장 끝으로
굵지 않은 파도가 뒹군다

하늘 맞닿은
그리움
천국
옷섶에 매달고
어디를 가는 지 알 수 없지만
꽃이든 진심이든 한줄기
햇살이든, 훤한
서툰
당신이 정직하지 않다면 아무도 진실하지 않아

나를 믿어도 좋다는 듯
흰 눈은 언제 내릴까

## 같이 살아도

같이 살면
오래 살면
바람에 흔들리는
별빛 따라가는 눈빛
닮는다더니, 개뿔

아직도

웃을 일에 크게 웃는 일 없이
울 일도 헛웃음 한번으로
한줄기 소나기처럼
기분 좋은 외로움

그대로 산다

## 사랑의 길

꽃 핀다
꽃잎 진다
열매 여문다
계절이 익는다
아무 일 없었던 듯

오욕五慾이 수명보다 길듯이
사랑의 길이 그 사람보다 멀듯이
넘치고 많은데
뭐 하나가 없는 듯한 세상

나를 떠났지만
나를 아는 이
그대 밖에 없으니
가는(細) 줄 끝에 서있는 듯, 아직
사랑 받고 싶어

기억나는 게 하낱도 없다

## 내가 사는 이유

햇살 따라 잎이 나고
보아주는 사람 있어
꽃 피고
봄바람 불듯
나를 지탱해준
눈짓

나비가 아무 데나 앉는 줄 아나

꽃은 아무 때나 피는 줄 아나

네가 있어, 오늘도
해 돋는지 몰라

## 꽃

향기 한 올 흩날릴까
꽃잎 허투루 질까
피보다 붉은 꽃
겹겹 울타리 치다
종이 된 사나이

해 지고 바람 불어
혼자서
돌아오는
자국마다 흥건히
뜨겁게 떨어지던 별빛

바람도 아픔이던 때를
기웃하는
덧난
아픔

지금도

## 햇살 같은 꽃이다

## 추상追想

온 길 위에
갈 길인데
아닌 길도 아닌데
쉽게 포기할 수 있는 세월 아니라
바다보다 더 먼
시간 기다린 듯
밤새 뜬눈으로
침침한 하늘
가는 바람
소리

그랬지
그리움은
그렇게 앓는 것이라고

아니, 사랑은
그렇게 찾아오는 것이라고

## 달력

빈 가지에 찬바람 들며
가는 해 달포쯤 남아
싸락눈 겨우
쓸릴 때쯤

할아버지 달력은 벌써
새해 새날
첫째 날
둘째 날
셋째 날
빨간 날짜들 위에
맞이할 손님

먼 곳부터 은진이
은세 은우
준이
윤이

아득하게 멀어지는

찬바람 소리

## 꽃보다 아름다운 이름

봄바람 따라
꽃망울 열리고
때마다 곳마다
별빛
꽃보다 아름다운 이름
기다리는 시간

은진이와 준이
은세 은우
두 돌잡이 윤이
한 줌씩 더해지는 시간

쉼 없이 일렁대는 파도에 떨어지는 빗방울처럼
쉴 때도 멋져 보이고 싶은
꽃은 또 빨갛게 피어
볼 때마다
봄
오늘의 일기는 저 바람이 쓰고

# 모두가 꽃이네

## 사랑을 위하여

가고 싶어도 쉽게
떠나지 못한다

나는 남고
떠난 것은 사랑인데
나만 아프고

나만 슬프고
빗질하지 않은 머릿내까지 그리운
사랑만 남아서
메아리처럼

그 사랑 지키기 위해
오직
사랑 잘할 수 있는 사람이 되어야겠다는 마음뿐

지금도 사랑하고

## 나비 I

별빛으로
그늘 지우면
햇살 모양을 바꾸고
한 발 디딜 때마다
자국 옮길 때마다
어둠 한 줌
바람 한 줌
아직 변한 데 없는
그림자 한 줌
찰랑 찰랑거리지만
정숙했다

세월 따라가지 않은 풀밭에
흔들리는 그 바람 다시
넓은 바다 보며
아무 일 없었던 듯
살 수는 없어

# 지금도
# 흔들리는 이름

# 나비 II

별이 되기 전 아직
바람의 손짓에
나부끼는 새벽
눈(眼) 속에 남아 있던
덧칠한 어둠
전신에 묻은 빛깔로
망설이는
이름

나비 아니면
꽃 없었을 테고
봄
못 보았을 테지

젖내 나는 감꽃 목에 걸고
더 쓸쓸해 보이는
아픔

이제
숨기기도 싫어

## 모노로그monologue

떠날 수 없어요, 난
안 가요, 아니 못 가요
날씨 이렇게 좋은데
못 온다는 말 없었는데
나 가고 없는데 그 오면
어떡하라고

그 밤이 그랬듯이 사랑도 노력으로 이뤄질 줄 알고 그 뒷
모습 익숙해져도 옮겨 앉지 못하고 눈 한 번 감아도 한 번 더
눈 떠도 해지고 별이 뜨고 서 있던 그 자리 의미 없는 불빛만
훤한데 젖은 하늘 바라보며 아무 일 없었던 듯 잘 살라고?

자주 가던 카페는 없어졌지만
고백하던 자리도 없어졌지만
그 상처 죽지 않고 살아서
울고 싶은데
울지 말라고

달래지 마세요
죽음 단번에 세상 끝이듯
사랑도 오직 하나

헤어졌을 뿐 우리
이별한 것 아니에요

## 잊혀지지 않아서

울 너머로

봄 가고

공원 벤치들 사이

연록으로 시작한 꽃밭

빨갛게 여름 꽃 피면

유독 긴 벤치 찾아 홀로 앉은 사람

헤어져 본 일 많은데

혼자인 것 익숙한데, 쉬이

잊혀지지 않아서

햇볕 바싹거리는

소리

풀잎을 흔든다

## 바람개비

저 하늘에는
마르지 않는
소리의 근원이 있어
천상을 잇는 계단
빗장 풀어 천공이 열리면
별을 잃은 자의 슬픔이
하늘을 다 채울 듯
다리를 건너고
배를 타고
바람 따라 흐르는
청동빛 말굽
스쳐가는 소리
무한 빛깔의
손짓
바람을 엮는다

# 3부 _ 또 비가 오려나

## 리허설 피아니스트

검은 징검돌 건너듯
하얀 계단을 오르듯
축복처럼 뚱땅거리는
귀 익은 못질소리
서로에게 번지는
빼끔한 못 자국
그냥 둘 수 없어서, 못 본 채
보낼 수 없어서
섬 같은 기억
한 뼘쯤 당겨놓고
섬처럼 살다
가슴에 손바닥으로
주먹으로 쾅쾅 못 박으며
꿈에서조차 멀어질라
그 자리 더듬다
눈 뜨면 깜깜하게
눈 밖으로 멀어지는
축축한 바람소리

## 또 비가 오려나

## 노래를 불러라

눈 감으면 비로소 보이는
도시 짧은 계단 아래
아슬한 하늘빛

불빛들은 만나고, 신들린 듯
햇살 사랑하고
바람은 헤어지고
사연 있는 얼굴로
꽃들 시드는데
오늘 같은 날은 노래를 불러라

사랑 한다고 다 세레나데 부르지는 않겠지만
더 잘 부른다고 더 사랑하는 것도 아니겠지만
꽃 다시 피우려면
스스로 멈출 수 없는
노래를 불러라

바람 맞서

그 꽃

다시 피기까지

## 프리즈너prisoner

얼룩덜룩 주름이 지고
바람 습하지 않을 때쯤
패인 골이 생겨나, 이제
내 속 널어 말릴 때쯤
혼자였으면 도저히 못 왔을 여기
따라온 바람소리에
나를 담근다

그때는, 바다 가운데 길을 열고
바다 건너를 가보고 싶었는데

비밀 많은 여인처럼
세월 따라가지 않은 별빛
어둠이 가렸을 뿐
맑은 별 아직 몇 남아 있어
문득 새소리 그립다

실컷 울고 싶은

실컷 걷고 싶은
섬과 섬 사이
물이 흐르고
언덕이 솟고
주춤거리는 오르막길

들릴 듯 말 듯 바람소리
숨이 차다
이제 스물아홉이 아니다

## 빈혈
-오염②

쉬는지 지쳤는지
잠 설친 탓인지
나머지 꽃 겨우 피우고
구름 따라 부는 바람

바람에 무너지는 햇살

햇살 울컥거리는
하늘

아픔 뽑아내는 아픔
병 아니듯
어지럼 죄 될 리 없고
뛰는 가슴이야
뜨거운 계절 탓일 따름

## 인생은

긴 숲 그늘 흔들다
어둠에 젖어 잠시 하루
날밤으로 쉬었다 간
바람소리처럼

밤 바닷빛 쫓아 헤매듯
연습한 그대로
처얼썩 철썩
거기가 어디든
혼자 가는 길

마른 가지에 걸렸던 바람
일월日月 따라 바다
넓은 깊이 뒤적여 놓고
처얼썩 처얼썩
거기가 어딘지
돌아가는 길

새겨진 아픔 꼭꼭 매달고
보내지 않아도 가고 마는
바람처럼

## 소소한 기대

소 핥은 민머리든 쥐 파먹은 땜통이든
생긴 대로 멋 낸다는 동네 목욕탕 이발소
단번에 세월 바꿔보겠다고
아래 수건만 걸친 채
다음다음 순서 기다려
두 눈 감고 한참 깎은
두 번째도 영 아니올시다, 아내가
잠잘 때 보니 괜찮더라고
눈감고 잘 때 괜찮다?
아, 그랬구나

눈 크게 뜨고 다음 이발
날짜를 세어 본다

## 세월에

두 번째 서른 살도 두근거리는 것은
잔바람에 잠시 들뜬 것일까
때도 없이 흔들리다 이제
눈만 흘겨도 부푸는
사랑
마른 슬픔으로 녹고 있는
그리움 탓이다

사랑의 흔적 같은 것
안타까워하지 않고
실망하지도 않을
세월에
오늘이야
생각하지 못했던 내일이었으니
스스로 위로하지도 말고
세월로
겨울이 오면
그냥 맛있는

곶감이나 먹을 테고

한겨울 추억여행 떠나듯
계절은 깊어만 가고

## 함부로 말하지 마라

분粉칠로도 감출 수 없는
주름살 같은
아파 봐야 알게 되는 아픔

고칠 수 없는 약점

제멋대로 비교하고
함부로
말하지 마라

## 봄인 줄 모르고

풀밭
서성이다

한나절
다 갔습니다

## 물망勿忘

기차는 떠났는데
철길의 기억 사라지지 않고
쇳소리 따라
삐져나온 발끝
타박거리는 마음

잊고 싶은데
잊어야 하는데
연신 아물거리는 하늘
끝에 다다르면 나도
별이 되는가

걸릴 것 하나 없는
낮은 구름 속으로
손 한번 내저어 본다

## 시월十月

풀밭 건던 발길 따라
긴 옷자락 약간 일렁이는
그리움
군데군데 눈이 시리고

구름, 익숙하던 들길 들꽃
풀내음 어색해지는
어느 날
징검돌다리 건너듯
섬 같은 골목을 지나
서쪽 가녘 어디로
바람이 분다

다 낯설어지기 전으로
하늘 한번 볼 때마다
한 줌씩
부푸는 시월十月

바람 부는 언덕 너머

마주 오는 기쁨보다

눈 감아도 훤한

불콰한

계절

# 시심詩心

깃발 들듯 유혹하는 한낮
무릎쯤에 잠방대는
앙잘거리는
개울 같은
물소리

바다를 기다립니다

## 안부 I

뱉은 소리보다
하지 않은 그 한 마디

마음에 담아둔

마음

## 안부 II

바빠서 못 온다고?
또 전화하겠다고?
바쁜데 전화는 무슨

그리고
혼잣말

## 꽃양귀비

낙숫물 소리처럼
이별
기다리는 나지막한 순정
눈짓
번지듯이 겹치고

노랫소리
점점 하늘을 가리는데
한 모금 슬픔으로 목을 축이며
우희虞姬여, 난 어찌해야 하는가*
꽃잎에 듣는 달빛
길섶이면 어떻고
풀밭이면 어떤가

헤어지는 것이 슬플 뿐
어찌하면 좋은가

*항우의 '해하가垓下歌'에서

# 4부 _ 그대와 그대 사이

# 소상塑像에 대하여

하늘 한번 돌아보면
장마철을 알 텐데
술도 안 먹고 취해서
눈(眼) 속을 풀풀 날아다니는
소상塑像
거들먹거릴 때마다
바람에 쓸린 낙엽 아래
두껍게 밀리는 흙먼지 흔적
상심하지 말라고 햇살 마주하면
그대 말만 쏟아내고
익숙한 듯 돌아서는
얇은 뼈
숨소리 겨우 내는 입
짓눌린 데 굳은살 되고
할퀸 데 상처가 될 때쯤
손끝 어디로 온기 돌 때쯤
그대와 그대 사이
간간이 침묵까지 든다보면

말 안 되는 말도 없고, 절대
그럴 수 없는 일도 없는
부적 같은 그 얼굴
목에 걸린 가시가 추억일 리 없으니
참 어려운 것이 믿음인가

## 은행나무 그늘에

벽돌담 은행나무 아래
글벗들
찻잔 만지작거리며
진실을 품앗이하여 살아온 힘으로
또 그리 살아가는 것이라며
백 년 우물 물소리에
스쉬움 젖은 시간들 줍다

갈매기 소리 따라, 세트*해변
바람 없이 흔들릴 때쯤
자신도 모르는 글 쓰지 말라고
시인은 시로써 말해야 한다고
훅 지나는
시인의 음성으로
폴 발레리 제네바의 밤
다시 젖을 때쯤

덩굴장미 꽃은 지고

꽃자리만 남은

은행나무 그늘에

슬며시 기대어 본다

*세트; 지중해 연안, 폴 발레리의 고향 앞바다.

## 무슨 일이 있었습니까

-詩人에게

내 아니면 아무도
가까이 갈 수 없는 꽃
봄 가면 시드는 꽃 심었던 기억
풋내 나는 시인詩人 되어
돋아나는 그 탐했던
나를 고해하나니
그 꽃 보던 눈
풀밭 걷던 그 발
다 사赦하시고
더는 울지 않게 하소서

별이기를 기다리는 그를 만나
궂지도 맺지도 못한 이 길
맺힌 슬픔, 오래
눈물 아니기를 바랄 뿐
내게 기대어 잠든 그 아직 일어나지 않고
저 별 내가 봐도 되는 것일지

간구하노니

그때는 몰랐던 봄

추억으로 남은

나의 죄 사赦하소서

## 성곽城廓 아래

-그대 시인이여

타향살이 길어지면
자신이 누군지도 잊고
어색한 큰 산이 되어
했던 말 또 하고 또 하고
어른 영역 기웃거리다
언제나
반쯤 말하다 멈출 수 있을까

나뭇잎 파랗고, 다시
꽃잎 떨어지는데
하기 싫다고 안 해도 좋을 수는 없다

하고 싶다고 다할 수도 없으니
품앗이한 이름으로
가슴의 깊이만큼
돌탑을 쌓고
천문학자 하늘 보듯

# 시인이여,
부디 문학하라

## 국어 외전外傳

되꽂鋪집 인심만큼
됫술집 큰 사발은 왕대포
배 곯면 배고프듯
귀 곯면 귀 고프고
앞가지 뒷가지*
붙이고 옮겨가고
아이의 젖씨 아저씨
아兒 주머니 아주머니
어린 뜻 아지를 붙이면
강아지 망아지 송아지
싹아지도 있다
병아리는 예외이고

잘고 용렬한 것은 조다
조한 쌀은 허리가지 ㅂ 써서
조ㅂ쌀이다. 좁쌀처럼
차진 쌀 찹쌀도 있다

갈라 쓰고 옮겨 붙이면

뜻대로 모양대로

한없이 이어지는

한글

우리말이다

*앞가지는 접두사接頭辭, 뒷가지는 접미사接尾辭, 허리가지는 접요사接腰辭.

# 한국의 집에 가면

정조대왕반차도正祖大王班次圖 긴 돌담 따라
은행나무 그림자 높게
생강차 알싸한 향내가 흔드는
다저녁 풍경소리
이제 가을인 양
하늘을 날고

우물 물소리 맑게 번지는
시간 머물었던 자리

동요 악보 같은
쌀 배달 아저씨*
꽃씨 심듯 서성이다
하늘 같은 집 짓고

한국의 집

총총한 별빛
가슴이 다 둥둥거린다

* '한국의집' 대표 신홍식 시인. 이웃돕기 모습에서 붙여진 그의 별명이다.

## 시인의 의자

-거울에 비친 얼굴

눈 한번 맞추고 싶어

바람소리 같이, 사람들

따라 나선 길

더딘 발

발자국

계량할 수 없는 힘겨움

차는 향으로 마시고

국물은 소리로 먹고

반대편 창가에 서서

소리 내고 들어주는

그 사이사이

간신히 침묵까지 느껴지는 그대와

그대의 못물에 비친 하늘

시인은

누군가에게 말 걸고 싶었구나

*故문인수 시인의 1주기에, 파킨슨병으로 거동 불편했던 시인의 詩 '식당의자' 다시 읽으며

## 詩를 써서

-洪시인

반쯤 가린 달빛 사이
별빛 다문다문한 행간行間에
돌멩이 들썩거릴
바람 불어도, 멀리에서 온
눈 익은 우표인 듯
반가운
사나이

약간 넓은 미간眉間, 안경 너머
눈썹 같은 눈썹 끝에
두텁한 귓볼
누구도 이해하는
뭉뚝한 우정으로
많이 헐거워진 세상에
오래된 마개처럼
더 깊게

사나이

# 가슴을 지핀다

## 대가大家의 일일

**-습작 기행**

볼일 만들어 2시쯤

여기 저기 집적거리다

개똥모자 빛바랠 때 쯤

했던 말 또 할 때 쯤

도박 같은 험담에

앞섶이 축축하면 6시

얼큰하다

가느니 못 가느니

다투는 골목 따라

자리를 옮긴다, 벌써

자기도 모르는 시론에

혼자만 아는 수작

짧아서 좋은 시를 읊다

이제 맛 모르고 (술) 마실 때쯤

차車가 필요할 때쯤

욕 받아줄 이들이 필요한

시간, 혼자

돌아가는

# 대가大家

## 그리고 사랑하는 사람들

하늘 보다가, 밤하늘

별을 보다가

홍매화 분재

긴 겨울 그림자

모로 누워 잠드는 밤

별빛 아래 한줌 나물 캐던 사람들

풀뿌리에서 떨어지는 물소리 들으며

산바람처럼 따라온 사람들

등 붙이고 누워

별을 찾는데

어둠도 보이지 않는 깜깜한 하늘

분재 홍매화

꽃이 피는 밤

가슴 암만 쿵쾅거려도

흐르는 물소리 따라 저 위쪽 개울을 생각하며

사랑의 시 쓰기 위해 사랑을 하지는 않을
사람들

## 검객 I

-별빛

날(刃)을 버리고
검을 깨워야 한다
짧은 걸음 가쁜 숨
낮은 발자국, 잠시
마당귀 돌아서는 바람
 -백정이더냐 자객이더냐. 달빛에 취해서도, 원한의 무게 손목이 버거워서도 안 되느니, 법도法度 없이 자죽도 못 가누는 정신 버린 놈.
돌담에 걸터앉은 달빛
밤을 타는 덩굴장미
그림자에 기대어
이죽거릴 즈음
-영혼을 부축하라!

껍질 깨고 난 듯
허공 가르는 눈빛
검수劍首 당기며

발끝 돌려
어긋난 천공을 가늠하다
귓전을 울리는
어둠
토막이 나고

검객
이제
별빛이 또렷하다

## 검객 II

**-바람 소리**

갑옷을 뚫고, 단칼에
마소를 쳤다는 황제黃帝
함부로 뽑지도
아무데나 놓지도 않았다는
황제黃帝의 검

-무고한 것들 명줄이나 따다 피 묻어 녹슨 양날의 흉기 든 망나니더냐. 상대를 보기 전에 자신부터 보아야 할 것을, 겉멋에 취해 자체自體도 버린 놈.

허공에 나뭇잎 닫듯
섬돌 두벌대 아래로 내려서면
포물선 밖으로
바드럽게 매달리는 하늘
-자신을 찾아라!

가장자리 밟고 선
허연 귀밑머리만큼
무심했던 예의로

휘청대는 달빛, 순간
점點으로
선線으로
헛것처럼
바람이 일고

검객
비로소
바람 소리를 듣는다

## 절주節酒

짧게 부딪치는 소리를 내며
깜박거리는 눈
가다 멎다 여기저기
가로등 그물을 치고
덜컹거릴 때쯤
한잔에 오금 걸리면
말짱 헛방이다
그럼에도 불구하고 맨날
흔들리고 마는
난감한
길목
딱 한잔

## 신호대기

발자국 함께 망설이는
손짓 따라가는 그림자
두리번거리는
갈림길

스스로 가지 않아도
저절로 몰려가는
불빛 속으로 하나 둘
할퀸 자국처럼
휘청거리는 소리
줄줄이 이어 가는
긴
손가락질

마디마디
꽃밭이다

## 그 문 앞에서

은빛 돌 뜨겁던 강변 지나
그 문 앞에 다다라
두드리는 바람에, 문
흔들리는 바람소리

밀어도
밀리지 않는
당겨야 열리는
얼음장 같은 문 안으로
누구 하나 들어와도
그냥 갈 수 없는
바람 쌓인 문 앞으로
불빛 빤히 밝혀두고

문소리 바꾸는
그 문
지키는 바람소리

다 잊은 듯

기다리는 바람

# 해설

해설

# 포용과 자위自慰의 미학

오석륜(시인 · 인덕대학교 교수)

이번에 출간하는 장태진 시인의 세 번째 시집 『그래도 괜찮아』가 지향하는 시 정신은 '포용'과 '자위自慰'의 미학이다.

시집에서 줄기처럼 혹은 가지처럼 무수하게 뻗어 있는 시의 소재는 크게 '사랑'과 '사람', 그리고 '시작詩作에 대한 열정'으로 요약할 수 있다. 하지만, 이들의 저류에 형성된 시인의 생각은 포용과 자위로 귀결되는 양상을 보인다.

과거형으로 표현된 사랑이건 현재형으로 설정된 사랑이건 고희를 넘긴 그의 서술방식은 양자 모두 시인과 함께하는 뜨거운 동행으로서의 본능에 충실한 모습으로 그려진다. 그의 품에서 숨 쉬고 있는 사랑의 대상은 특정한 사람뿐만 아니라 다양하게 등장한다. 폭넓은 스펙트럼으로 펼쳐진다.

그리하여 사랑과 그리움의 대상은 사람이 되기도 하고, 자연이 되기도 한다. 시에서 '바람', '꽃', '별'과 같은 시어가 빈번하게 나타나는 것은 그 때문이다.

이들의 이미지를 내면화하여 의탁의 수법으로 시를 끌고 가고 있다는 점, 그리고 그 대상에 대해 베푸는 포용과 자위의 진술은 장태진 시의 매력과 특징으로 읽을 수 있을 것이다.

바로 그것이 시인이 삶을 살아가는 이유로도 작동하고 있다.

한편, 장태진의 이력에서 눈에 띄는 점은 그의 시력이다. 52년 전으로 거슬러 올라간다. 약관도 되기 전인 1971년 '석필石筆문학동인'으로 하종오, 조향순, 조동화, 김상훈, 최철환 등과 문학 활동을 시작하여, 동인지 『石筆』을 4집까지 발간한 것에 눈길이 간다.

그리고 1972년 상재한 첫 시집 『배경 바다』 이후, 오랜 공백 기간을 거치게 된다. 그렇지만 서울, 부산, 대구 등의 입시학원에서 국어와 문학을 가르치며, 시작詩作에 대한 갈증을 견뎌온 시간은 오히려 그를 더

단단한 시인으로 담금질한 원동력으로 작용했을 것이다.

이번 시집에 '시에 대한 열정'을 드러낸 작품들이 다수 포함된 것은 그러한 사정을 반영하는 것이리라.

먼저, 「꽃양귀비」를 읽어보자. 장태진 시인의 이번 시집에 실린 작품에서 가편佳篇으로 읽힌다.

## 1. 사랑은 여전히 진행형이고 뜨거운 동행이다

낙숫물 소리처럼
이별
기다리는 나지막한 순정
눈짓
번지듯이 겹치고

노랫소리
점점 하늘을 가리는데
한 모금 슬픔으로 목을 축이며
우희虞姬여, 난 어찌해야 하는가*

꽃잎에 듣는 달빛
길섶이면 어떻고
풀밭이면 어떤가

헤어지는 것이 슬플 뿐
어찌하면 좋은가

「꽃양귀비」 전문

이 시에서 가장 관심이 가는 문장은 "우희虞姬여, 난 어찌해야 하는가"다.

이것은 항우의 '해하가垓下歌'에서 인용한 것으로, 주목해서 읽어보면, 여기에는 시적 화자의 심경과 항우의 그것이 중첩되어 있음을 알 수 있다. '사랑하는 사람과의 이별'을 토로하고 있다. 시어로 등장하는 '꽃양귀비'와 '항우', 이 양자에 시인의 심정을 고스란히 담아내고 있다는 뜻이다.

주지하는 것처럼, '해하가'는 중국 초나라 항우가 지은 노래로, 가이사垓下에서 한나라 고조에게 포위되었을 때 형세가 이미 기울어져 앞날이 다한 것을 슬퍼하며 지은 것이 아닌가.

첫째 연 “낙숫물 소리처럼/ 이별/ 기다리는 나지막한 순정/ 눈짓/ 번지듯이 겹치고”는 꽃양귀비를 묘사한 것이다. 항우가 죽자 우희도 자살하는데, 그녀의 무덤 위에 피어난 꽃을 떠올린다.

그리하여 결미 부분인 3연에서 표현된, “헤어지는 것이 슬플 뿐/ 어찌하면 좋은가”에는 이별에 대한 슬픔이 진하게 배여 있다.

동시에 “길섶이면 어떻고/ 풀밭이면 어떤가”(2연 6, 7행)에는 꽃양귀비를 바라보는 화자의 자위의 심경이 읽히기도 한다. 사랑과 이별에 대한 순응의 자세로 파악해도 그리 이상하지 않다는 뜻이다. 거기에 짙은 여운이 작동하고 있는 것이다.

물론, 이런 화자는 곧 시인 장태진으로 읽힌다.

그래서일까. 또 한 편의 시 「모노로그monologue」에도 사랑하는 사람과 이별에 대한 화자의 서술 그 근저에는 포용과 자위의 생각이 잠재해 있다.

(전략)

그 밤이 그랬듯이 사랑도 노력으로 이뤄질 줄 알고 그 뒷

모습 익숙해져도 옮겨 앉지 못하고 눈 한 번 감아도 한 번 더 눈 떠도 해지고 별이 뜨고 서 있던 그 자리 의미 없는 불빛만 훤한데 젖은 하늘 바라보며 아무 일 없었던 듯 잘 살라고?

자주 가던 카페는 없어졌지만
고백하던 자리도 없어졌지만
그 상처 죽지 않고 살아서
울고 싶은데
울지 말라고
달래지 마세요
죽음 단번에 세상 끝이듯
사랑도 오직 하나

헤어졌을 뿐 우리
이별한 것 아니예요

「모노로그monologue」 부분

시의 제목인 '모노로그'는 혼자서 하는 독백 혹은 긴 이야기를 뜻하는 말이다. 이 모노로그의 결론은 마지막 3연의 8행과 마지막 4연 "사랑도 오직 하나// 헤어졌을 뿐 우리/ 이별한 것 아니예요"에 집중된 느낌이다. 그것은 이별에 대한 포용이며, 화자 스스로에 대한 자위로 읽히는 대목이기도 하다.

장태진의 사랑과 이별에 관한 독백은 시인의 포용과 자위로 해석해도 무방할 듯. "자주 가던 카페는 없어졌지만/ 고백하던 자리도 없어졌지만/ 그 상처 죽지 않고 살아서/ 울고 싶은데/ 울지 말라고/ 달래지 마세요"(3연)를 곱씹어 읽어보면, 사랑에 대한 인식은 여전히 뜨겁고 진행형이라는 것을 말해주는 것 같다.

이러한 그의 사고는 사랑과 관련된 여러 편의 절창의 문장을 통해 시집 곳곳에서 느낄 수 있다.

몇 가지 사례를 보면, "사랑한다고 다 세레나데 부르지는 않겠지만/ 더 잘 부른다고 더 사랑하는 것도 아니겠지만/ 꽃 다시 피우려면/ 스스로 멈출 수 없는/ 노래를 불러라// 바람 맞서/ 그 꽃/ 다시 피기까지"(「노래를 불러라」 부분), "그랬지/ 그리움은/ 그렇게 앓는 것이라고// 아니 사랑은 그렇게 찾아오는 것이라고"(「추상追想」 부분), "사랑한다는 말/ 오히려 모욕이 되고/ 사랑 없으면 외로워 죽을 사람/ 꼬깃꼬깃 그 사랑 다시 펴고 있네"(「산 너머 마을에」 부분) 등이 그것이다.

이처럼 사랑은 그에게 여전히 진행형으로 뜨거운 동행으로 살아 움직이고 있지만, 포용과 자위가 그 근간을 이루고 있는 것 같다. 거기에 장태진 시인의 시적 심오함이 있다.

## 2. 일상에서 체험하는 사랑의 방식에는 재미와 기다림이 녹아 있다

이번 장태진의 시집에서 시에 묘사된 이미지가 비교적 구체성을 띠고 독해가 용이한 작품의 하나로 「소소한 기대」를 꼽을 수 있다.

여기에는 시인이 일상에서 체험하는 사랑의 방식이 재미있게 녹아 있다.

소 핥은 민머리든 쥐 파먹은 땜통이든
생긴 대로 멋 낸다는 동네 목욕탕 이발소

단번에 세월 바꿔보겠다고
아래 수건만 걸친 채
다음다음 순서 기다려
두 눈 감고 한참 깎은
두 번째도 영 아니올시다, 아내가
잠잘 때 보니 괜찮더라고
눈 감고 잘 때 괜찮다?
아, 그랬구나

눈 크게 뜨고 다음 이발
날짜를 세어 본다

「소소한 기대」 전문

목욕탕 안에서의 이발이 이 시의 소재다. "단번에 세월 바꿔보겠다고/ 아래 수건만 걸친 채/ 다음다음 순서 기다려/ 두 눈 감고 한참 깎은"에는 화자의 일상의 한 단면이 흥미롭게 서술되어 있다.

대중목욕탕을 이용해 본 남자들은 다 아는 것이겠지만, 바로 그 목욕탕 내에서 이루어진 이발한 화자의 머리에 대해, "잠잘 때 보니 괜찮더라고/ 눈 감고 잘 때 괜찮다?"는 부부의 진솔한 대화에 웃음이 지어진다.

그 대화를 바탕으로 "눈 크게 뜨고 다음 이발/ 날짜를 세어 본다"는 마지막 연은 여전히 부인의 사랑을 희구하는 화자의 마음이 잔잔한 감동으로 읽힌다. 소년 같은 순진함이 배어 있다.

이 작품의 매력은 거기에 있다. 이처럼 화자의 '소소한 기대'는 읽는 이에게 '소소한 감동'과 맞닿아 있다. 물론 소소한 감동은 독자에게는 좋은 작품, 여운이 남는 작품의 기준이 될 수 있을 것이다. 장태진이 일상에서 체험하는 사랑의 방식은 담백하고도 흥미를 동반하고 있다.

이러한 장태진의 생각은 「그래도 괜찮아」에서 사랑에 대한 태도가 비교적 또렷하게 드러나는데, 사랑의 감정에 더하여 '기다림의 미학'이 짙게 녹아 있다.

그것이 포용과 자위의 생각과 어떤 연관성을 갖는지 읽어보자.

꽃필 때쯤 왔다가

꽃 질 때 떠난 이후
나의 계절 언제인지도 모르도록
기다리게 해놓고, 그날처럼
드문드문한 나무들 사이
한종일 바람만 불다
지났을 뿐인데

아픔 같은 기다림
기분은 괜찮다

꽃피는 계절 네가 안다면
우리
남서풍 기다리는 시간
골목길 따라 빤하게 내다보이는
저쪽
끝에서 기다릴게

나의 봄 어차피
네게로 부는
바람에 기대어
피는 꽃

괜찮아, 늦어도

「그래도 괜찮아」 전문

이 시에서 "아픔 같은 기다림", "나의 봄 어차피 네게로 부는 바람에 기대어 피는 꽃// 괜찮아, 늦어도"가 관심 있게 읽힐 것이다. 그것은 역시 사랑에 대한 화자의 의지가 포용과 자위로 승화하는 느낌을 주기 때문이리라.

사랑이 품고 있는 덕목의 하나는 기다림이다. 이 작품에서 시인은 기다림은 아픔 같은 것이라고 규정하지만, 그 기다림은 서두르지 않겠다는 여유와 포용의 함의로도 읽힌다.

"괜찮아, 늦어도"는 어쩌면 장태진이 사랑을 실천하기 위한 태도라는 생각을 갖게 한다. 물론, 시집 전반을 지배하는 시의 경향을 보면, 그것은 앞의 '사랑과 관련된 절창'의 문장에서도 확인하였지만, 장태진이 지향하는 삶의 태도와도 이어져 있다는 느낌을 주기에 충분하다.

이러한 장태진의 사고는 그가 관계를 맺고 있는 문우들에 대해 느끼는 감정, 즉, 우정을 소재로 한 시편에서도 꽃을 피우고 있다.

### 3. 우정에 대한 감사의 마음

정조대왕반차도正祖大王班次圖 긴 돌담 따라
은행나무 그림자 높게
생강차 알싸한 향내가 흔드는
다저녁 풍경소리
이제 가을인 양
하늘을 날고

우물 물소리 맑게 번지는
시간 머물렀던 자리

동요 악보 같은
쌀 배달 아저씨*
꽃씨 심듯 서성이다
하늘 같은 집 짓고

한국의 집

총총한 별빛

가슴이 다 둥둥거린다

「한국의집에 가면」 전문

벽돌담 은행나무 아래

글벗들

찻잔 만지작거리며

진실을 품앗이하여 살아온 힘으로

또 그리 살아가는 것이라며

백 년 우물 물소리에

스쉬움 젖은 시간들 줍다

갈매기 소리 따라, 세트해변

바람 없이 흔들릴 때쯤

자신도 모르는 글 쓰지 말라고

시인은 시로써 말해야 한다고

훅 지나는

시인의 음성으로
폴 발레리 제네바의 밤
다시 젖을 때쯤

덩굴장미꽃은 지고
꽃자리만 남은
은행나무 그늘에
슬며시 기대어 본다

「은행나무 그늘에」 전문

인용한 두 편 「한국의집에 가면」, 「은행나무 그늘에」의 공통점은 시의 공간적 배경이 '한국의집'이라는 것. 그리고 그곳에서 빚어내는 문우들과의 우정이다. 이 두 가지가 시를 이끌어간다.

한국의집은 대구에 있는 한옥 카페다. "정조대왕반차도正祖大王班次圖 긴 돌담 따라/ 은행나무 그림자"가 있고 "백 년 우물"과 "덩굴장미꽃"은 한국의집의 정경 묘사다.

한국의집의 대표인 신홍식 시인을 '쌀 배달 아저씨'

에 비유하며 표현한 「한국의집에 가면」에서는 특히, "생강차 알싸한 향내가 흔드는/ 다저녁 풍경소리/ 이제 가을인 양/ 하늘을 날고"가 감동을 준다.

'풍경소리'를 흔드는 주체는 '생강차 알싸한 향내.' 그 풍경소리가 "하늘은 날고"라는 서술과 이웃을 돕는 시인 신홍식을 "동요 악보 같"다고 비유한 것은 장태진의 오랜 시력에서 빚어진 웅숭깊은 표현이다. 감동으로 다가온다.

그리고 "꽃씨 심듯 서성이다" 지은 "하늘 같은 집"인 한국의집에서 시인은 "가슴이 다 둥둥거린다"고 고백한다. '둥둥거린다'는 동사에는 북이 둥둥거리며 무겁게 울리는 것 같은 묵직함이 배어 있다.

그것은 곧 감사의 마음으로, 이곳을 찾으며 문우들과 가지는 시간에 대한 시인 장태진의 생각을 대변하는 문장이다.

「은행나무 그늘에」에도 한국의집에서 만나는 문우들과의 우정이 그려진다. "글벗들/ 찻잔 만지작거리며/ 진실을 품앗이하여 살아온 힘으로/ 또 그리 살아가는 것이라며/ 백 년 우물 물소리에/ 스싀움 젖은 시간들 줍다"가 그것이다. 그는 우정을 쌓아가는 글벗들을 "찻잔 만지작거리며/ 진실을 품앗이하여 살아온 힘으로/ 또 그리 살아가는" 존재로 인식하고 있다.

"자신도 모르는 글 쓰지 말라고/ 시인은 시로써 말해야 한다"는 구절은 그의 시적 태도를 설명하는 것으로, 여기에 20세기 상징주의를 대표하는 프랑스 시인 폴 발레리(Paul Valéry, 1871-1945)를 소환하여 시를 꾸리고 있는 점은 이채롭게 다가온다.

시의 마지막 두 행, "은행나무 그늘에/ 슬며시 기대어 본다" 역시 우정을 쌓아가는 공간으로서의 한국의 집에 대한 서술이다.

이처럼 이 두 편의 시에는 장태진 시인과 그의 문우들이 즐기는 시간의 한때가 차분한 감동으로 그려져 있다. 이것은 현재를 살아가며 나누는 우정, 그것에 대한 즐거운 인식의 표출이다.

곧, 장태진이 지향하는 삶의 태도 혹은 삶의 방식과도 상호 이어져 있음을 보여준다. 영국의 철학자인 프랜시스 베이컨(Bacon, Francis, 1561~1626)이 남긴 "결혼을 위한 사랑은 인류를 존속시키고, 우정을 위한 사랑은 인간을 완성시킨다"는 말을 실천하는 듯하다.

"멀리에서 온/ 눈 익은 우표인 듯/ 반가운/ 사나이// 뭉뚝한 우정으로/ 많이 헐거워진 세상에/ 오래된 마개처럼"으로 표현한 시 「詩를 써서 -洪시인」도 같은 관점으로 읽힌다.

그는 이러한 우정에 고마움을 느끼는 인간적 따스함도 보여준다.

한편, 장태진 시인이 유리그릇을 "아물 때까지/ 어차피 손 놓아야 할 팽팽한 그리움"이라고 표현하며 자신의 삶을 되돌아보는 회한과 시와 시작에 대한 고민을 풀어놓은 「유리그릇」도 여운을 남기는 밀도 있는 작품이다.

유리그릇의 파손을 뱃멀미에 비유한 점이 색다르게 읽힌다.

짧은 작품이지만, "풀밭/ 서성이다/ 한나절/ 다 갔습니다"(「봄인 줄 모르고」 전문) 역시 고희를 넘은 자신의 삶을 반추하는 것으로, 시의 바탕에는 포용의 사고가 깔려 있다는 인상을 준다.

일본의 하이쿠를 연상시키는 압축미가 내재되어 있다.

장태진 시인이 자서自序에서 "시는 점점 잊히고 작가들도 하나둘 떠나는 시대란다. 그렇다고 꾸역꾸역 참을 수만도 없는 이 세월"에 그는 "이제 나의 세월도 사랑하기로 하고"라고 밝힌 것처럼, 그가 이 시집에서 드러낸 것은 '포용'과 '자위'의 시 정신이다.

그것은 곧 자신이 살아온 삶에 대한 긍정의 목소리다.

봄바람이 불어오고 있는 계절에, 앞으로도 그러한 글을 쓰겠다는 장태진 시인의 시적 지향점 혹은 삶의 태도가 꽃을 피우리라 믿는다.

동시에 그의 따스한 품성에도 격려를 보낸다.